아둔한 미련

아둔한 미련

문힘시선 028

아둔한 미련

최충식 시집

도서출판 **문화의힘**

아둔한 미련

참 고민을 많이 했다.

철없이 다섯 권이나 시집을 낸 후로

'이건 아니지' 하는 자성으로 19년이나 지났다.

그렇다고 무슨 변화가 있었을까?

한 편이라도 제대로 써봐야겠다는 일념이

음풍농월이나 하며 세월만 축냈나 보다.

넓은 시야로 심상을 키워야 했는데 잡다한 고민

따위를 결집하며 소화하지 못하는 한계를 실감한다.

다만, 은퇴하고 고향 집에 눌러앉아 소소한 주변의

자연과 가꾸는 농작물의 가르침으로 지난 내력을

깨달아 가는 일상이 졸시의 산실임을 밝혀둔다.

스스로 책을 낼 엄두를 내지 못하겠는데 오랜 친구

〈문화의힘〉 이순 시인의 강권으로(?) 다시 얼굴을 내민다.

공광규 시인의 과분한 발문도 뒤를 밀어주고 있다.

아무튼, 이 『아둔한 미련』을 정리하면서

좀 더 숙고하겠다는 다짐으로 부끄럼을 대신하고자 한다.

독자 제현의 아낌없는ㅈ 채찍을 바란다.

2023년 여름

제1부 여름은 가고

제2부 다시 봄날

제3부 아둔한 고백

제4부 생각지도 않은 일

아둔한 미련

제1부

여름은 가고

아둔한 미련

한 생각

얼마나 더 곰삭아
세필細筆의 푸른 잉크처럼 외로워질까
명징하게 깊어가는 경전처럼
오래오래 늙어갈 수 있을까

대숲 아래

누르는 것은
은둔의 무게가 아니다
어느 때부턴가
빈 가슴을 두드리는 버릇으로 철 늦게 후회하지만
주문 같은 웅얼거림이
너야. 바로 네 자신이야. 소스라치게
피리 소리 같은 흐느낌도 들려왔다
내려앉는 기도의 무덤
뿌리를 길게 뉘어보면 알겠지
그리움도 사실
먼 곳의 소식에 지나지 않았지만
한 소절 끊어진 노래를
높은 바람에 이어 부르고 싶다
약속의 기일 다 지나가더라도
마디마디 붉어지는 생애가
뜻깊은 노동이었으면 더욱 좋겠다

풍림楓林

단풍 바다에 빠져 미어지게 아픈 거 있지
다시 헤어나지 못할 듯 깊은 곳으로
무슨 새인지 휘파람 신호로 이끄는
조그만 암자
저 밖의 세계로 문을 내고 있는지
조그만 돌 하나 얹어놓고 무슨 소원인가 생각하네
그리운 것이라면 저리 붉은 부끄럼 같고
그게 목숨이라면 떨어지는 낙엽 같은 것을
비우라고 뎅그렁뎅그렁 울리는 풍경 소리
더 빠르게 재촉하네
저기 돌부처도 진땀을 흘리거늘
어둠이 오는 여기저기서
바스러지는 아우성이 축 처진 마음에 쌓이고 있네

대천 바닷가에서

저 모래는
질감부터 다른 게
조개껍데기가 부서진 것이라지
반짝반짝 빛나는 은모래
얼마나 많은 조개가
헤아릴 수 없는 세월로 부서져
저리 장벌을 이루는 것일까
맑은 날이나
폭풍우 칠 때나
옛사랑의 흔적도
저리하였으면 좋겠다고 생각하는데
여름날
작열하는 젊음을 보면서
저 끝의 눈물을 어찌할까
밀려오는 물거품처럼
열기가 가신 뒤
한 줌 모래를 하늘에 흩뿌리듯
총총히 돋아나는 별

하나하나

저런 사연들이 있을 것이라 믿고 있지

저수지

어느 날
에워싼 갈대의 울음을 들었다
철벅 철벅 세월이 지나가는 소리도 들렸다
가는 빗발처럼 낮아지는
체온을 감싸며
안으로 삭이는 고뇌의 말씀도 들렸다
속죄의 달임으로
점점 드러나는 수치羞恥
물 금의 높낮이로 가늠하는 한계는 어디쯤일까
끊임없이 탐닉하는 습성으로
푸푸 빠지는 수문이 뻐근하다
거품 같은 욕망의
낮은 곳
지금 비치는 하늘은 맑고 넓지만
어느 날 시커멓게 장대비가 넘쳐날지 모르는 일이다

반

반이란

나머지 반을 채우려는 욕망인가 보다

반쯤 채워 그리워하고

저편에서 반쯤으로 잊지 않으면

아주 멀어도

원 것이 틀림없는 법

절대 버릴 수 없는 반을 위하여

시퍼런 경계 너머 아스라이 바라보지만

이제는 두렵지도 않고

다행스러운 일

참 아름다운 것은

목말라 하는 순한 짐승 같아서

채워지지 않는다고 상처가 되지는 않을 것이다

여름은 가고

누님
꿈이었을까요
목화솜처럼 피어나는
누님의 마음이기에
나는 아직 어린 잎새에 불과해
어떻게
사랑이란 말을 얹을 수 있겠어요
찬찬히 더듬어 봐도
먹구름 같은 것이 가슴을 누르지만
먼발치에 서 있는 것만으로도
다행한 일이라고

누님
젖비린내 같은 투정을 어떻게 하겠어요
하늘이 저리 깊은 것을 보면
쉬 노을이 올 것 같고
큰 어둠 앞에서
무슨 미련을 남기겠어요
천천히 가겠어요

누님

지친 표정도 안 짓고

슬픔 같은 것도 남기지 않을게요

큰 시름 같은 거 풀풀 날리는 억새처럼요

그리움

나중에라고
흐려지는 말끝이었지
세월이 지나면 되는 일이라고
다른 말을 얹지 못했지
가운데 흐르는 정적이
머나먼 거리가 되기까지
깊은 파도가 밀려오고
저쪽과 이쪽이란 낯선 경계를
넘지 못했지
만남과 헤어짐이
파르르 날아가는 낙엽의 양면 같아서
그게 완성이고
제자리로 돌아가는 것이지
회한을 살리려나
하늘은 깊어도
뜬구름은 언제나 섞였다 흩어지기 마련이지

바닷가에 오두막 하나 지어

눕고 일어나는 데 불편이 없으면 되겠다

무엇으로 사느냐고 물으면

그냥이라고 어설프게 대답하겠지만 실은

밀려오는 조수가 내 안으로 철철 넘치듯 그걸

그리움이라고 숨길까 보다

먼 곳을 응시하는 눈에 빈 곳이 있다는 사실

썰물 때면

조각달을 가슴에 품고 얼마큼 쓰려야 할지도 모른다고

그것도 숨겨야겠지만

모로 선 갯바위처럼 어느 때까지든 파도에 몸을 깎고 싶다

변신

하늘을 찌를 듯이 살고 싶었다

팔을 뻗어 아닌 것은 물리치기를 오만이라고 생각하지 않았다

나무라는 이름은 당당하던 기상인데

어느 날 억센 톱질에 밑동이 잘려버린 어처구니없는 일이다

알몸이 자빠지고 도막 내어

적나라한 비밀까지 송두리째 드러나니 참혹하고 부끄러운 일이다

철저하게 해체되어 이것저것 내막이 연마될 때

비로소 뒤를 돌아보게 되는 것이다

깨달음이란 온전히 자신을 열어 내보일 때의 일이다

그게 구름무늬처럼 평면으로 다시 태어나기까지

얼마나 뼛골을 깎는 아픔이었을까

아침 식구들의 환한 얼굴을 맞아들이며 네 이름은 식탁이다

헛살 같은 거 다 발라낸 알짜배기 후생이다

애수

슬픔은 어디나 고여 있다

바닥까지 비치는 저수지의 가을

저쪽으로 기차가 떠난 텅 빈 간이역이나

미련한 사람의 가슴에 잠기는 말 같은 것

누구를 기다리다 돌이 되었다는

천년이나 넘치는 슬픔도

투명한 창에 비치기 마련이다

바람이 불거나 낙엽이 지거나

쓰르라미 울음 같은 선율을 만나면

무슨 큰 사연으로 뒤집고야 말 것 같지만

어떤 거룩함의 발을 씻겨주듯

엎드려 만져보는

슬픔은

언제 어디서나 떨치지 못하는 중심에 있는가 보다

섬마을

전망 좋게

옹기종기 팔을 건 집들

엄청난 태풍에도

작은 게처럼 눈을 반짝거린다

집과 집을 이어주는 실핏줄 같은 골목들

부두 쪽으로 잡아당기면

주르르 딸려 나올 것 같은데

여기 수혈하여

멀리서 돌아오는 그리운 불빛을 켜게 하는 것이다

채우는 것은 급기야 터지기 마련

부족할 때 혈관은 굵어지고 더 멀리 예비한다

어느 때가 풍족할까

기대가 무너져도 탈출이란 생각을 비끄러매는

정욕 같은 힘은

무슨 이해타산이 아니다

집마다 쫑쫑 귀를 달고 저 밖의 세상이 덮쳐오지만

여기서 늙고 죽어

물귀신같이

철썩철썩 부두를 때리는 파도가 되는 것이다

평정

벽보다 무서운 철조망을
덩굴장미가 타고 오른다
저것이 처음에는 주저앉을 것 같더니만
무슨 결심이 선 듯
이리저리 새순을 내며
날카로운 쇠끝을 넘어간다
어느 곳도 찔린 데가 없는데
피를 토하는 얼굴
아픔이란 찔리는 것만이 아니라
힘들여 넘는 각혈인가 보다
그래 넘어야 할 가시밭이 얼마나 많은데
철조망은 사라지고
빨갛게 번지는
누구의 가슴인지 몰라
화려한 봄이 오는 것도 큰 시련이 있었기 때문이다

봄꿈

무슨 꿈인가

호수에 물처럼 고이고

그게 얕은 마음이려니

오늘 밤도 시린 별 하나 띄우듯

파문이리라

바람이 불고 잎이 열리듯

이어지는 생각

보이지 않아도 목숨이려니

놓는다는 생각을 해본 적도 없고

가까워질 것이라는 기대도 멀리하고

무슨 원인 그대로

이르지 못하는 아뜩한 일을

어쩌다

푸른 속 그늘 냄새 진하게

그리움의 공간이라고

사랑이란

슬픔의 색깔로 아름다워지는 일이지

멀리 바라보면서 언제나 그렇게 가고 있는 것이지

가을날

그리하여
지난 시간이 고맙고
흘린 땀이 서늘한 소금이 되는
내가 아니라
너의 앞이라는 걸 고맙게
저 하늘도 저리 푸르게 채워가고 있지
난데없는 돌멩이 하나로 혼란스러웠던 파문도
스스로 제 얼굴을 찾아 수위를 낮추고 있지
더는 볼 수 없을지라도
마음속을 드리우는 자취 하나만으로도
너의 보람이고 나의 기도이지
휘감고 있는 질긴 인연이
스스로 풀어지는 게 세월이어서
저기 어둠이라고 가르치는 겸손
뭐 하나일 거라는
막연한 사실을
처음 위치로 되돌리는 아주 서투른 일이지

절대 絶對

고추잠자리 하나
연한 줄기 끝에서
위태롭다
소슬바람 날개를 흔들어도
저 첨예의 안정
머리 위 하늘은 자지러질 듯 푸르러
넋을 빼고
홀로 정지된 보람
가을의 중심이다
아무도 너의 일에 대하여 알지를 못한다

나무

인연 때문일 것이다
문을 닫으면 늘 그리운
견고한 나이테 안이 집이다
조용하게 한 해 동안의 사연을 채워
연초록 잎사귀를 피워내며
또 심상치 않은 먹구름을 예감한다
그리하여
가지를 내밀어 안개 속을 더듬어 보거나
무른 살을 꼬집으면서
조금씩 깊은 곳으로 뿌리를 내린다
얼마나 더 키를 세울 것인가
이 나무의 세월은
멀리 바라보이는 만큼 더 길어지고
미끈한 살결로 일어서기 위해
어느 때건 꼿꼿하게 외로운 것이다
천천히 열리는 기억을 풀어
작은 물길을 낼 것이다
아주 느리게 돌아가는 영사막처럼
어두워지는 대지에 긴 그림자를 드리울 것이다

폭풍우

오늘은
창해집 아줌마가 보이지 않는 거야
비 오는 날이면
그 집 나무 의자에 앉아
홀로 마시곤 했지
시커먼 바다가 누르듯 밀려오고
그때쯤이면
비릿한 냄새와 함께
옆자리에 자기 설움을 얹어주곤 했지
고비고비 넘어 여기 이르렀다는
하지만 늘
수평선 저 너머 막연한 그리움에
가슴이 부풀던 그 여자
내가 취하여 폭풍우 속으로 나가려면
흠씬 비를 맞으라고
멋스런 자학 같은 것을 알고 있었지
그래서 다음 폭풍우 치는 날에는
무슨 말 한마디 꼭 해야겠다고 생각했는데
곰곰 생각해도

신기루에 이끌려 나간 거야

잔잔한 물결을 타고 뒤도 돌아보지 않았겠지

약속하지 않았으니

기별이 없겠지만 혹시나

창해집 다 집어삼킬 것 같은

무서운 폭풍 해일의 밤에 다시 찾아봐야지

아둔한 미련

제2부

다시 **봄날**

아둔한 미련

눈금

정확한 눈금이

제일 무섭다

찰칵찰칵 눈금을 감는 시계 소리

한밤중에 정말 무섭다

내 삶은 얼마나 감겨서

무게가 되었을까

오래전의 일을 잊어버리자고

지워지는 눈금의 공간에서 헤매기도 하였는데

그 슬픔만큼이나 막연한

먼 훗날이란

눈금

오늘 부치지 못할 편지를 쓰며

아주 멀어진 눈금을 잇고 싶다

촘촘하게 짜이는 눈금을 선명하게 하고 싶다

대숲

촘촘하게 들어선 대나무
모두가 잣대를 갖고 있다
마디마디 치수가 같은 놈은 하나도 없다
내가 숲에 들자
그들의 잣대로 키를 잰다
모두 다른 수치다
그러나 모두가 맞는 답이다
잣대가 다른 사람들이 어울리는 인간처럼
뜨겁게 비벼 대며 살아가는 마당이다
성가시게 벋어가는 뿌리를 찍는다
대나무 뿌리는 캐내도 캐내도 지독하게 벋는다
끈질기게 그물망처럼 팔을 걸고
일제히 줄기를 올린다
나도 누군가 끌어안고 싶다
어깨동무 한마당 푸른 울음 울고 싶다
혹간은 고결한 인품처럼
마디마디 방을 비우며
높은 바람에 흔들리고 싶다

백열전등

나는 아직도
백열전등을 좋아한다
LED 등이 대낮같이 밝히는데
그 불빛 속에 들면 왜 차갑게 느끼는지
문명이 분명한데
왜 침침한 곳으로 내려앉으려는 것일까
흐릿한 촉수에
분명하게 드러나지 않는 경계
나는 그렇게 은밀해져 갔고
무슨 생각도 거기서 무르익고 있었다
꼬마전구 연등 아래서도
불그레한 눈빛을 읽기에 충분하였고
어둑한 포장마차 안에서도
눈시울 적시기 충분하였다
밤이 깊을수록
촉광을 더 높인다
내 영혼의 필라멘트가 벌겋게 달아오르기 시작한다

본문

너 허수아비
집요한 새 떼들 쫓아내다 보니
어느새 수확이 끝나 간다
얼마나 힘이 들었는지
느릿느릿 해가 빠지며
이 들판도 적요한 바탕을 드러내지만
셈을 하지 않는다
너도 마찬가지다
긴긴날 혼까지 다 빠져나가고
쥐어준 깡통은 여전히 비어 있다
덜거덩 덜거덩 찬바람이 몰아쳐도
자리를 뜰 줄 모른다
이쯤에선
네 일에 대하여
모두의 기억에서 사라져 가기 마련이다

귀가

어스름을 데불고
지친 발이 돌아왔다
오랜 여정의 중심에
가녀린 불빛이 아직도 켜져 있다
비켜선 나무도 그림자를 내리는데
고개를 떨구어
호주머니에 동전 한 잎
밖에서 남아 있는 일이 있었나 보다
환한 길을 좁히며 그 끝이
눕는 데라면
지난여름의 숨찬 일을 어찌하랴
골골이 지나가던 슬픈 기억들도
누추한 바닥을 차지하고
푸른곰팡이처럼 번져간다
어떤 실체가 아닌
공허한 말들의 조합이 모양새다
한잠 늘어지게 자고 나면
무슨 소용이었는지 곰곰 생각해 볼 일이다

호숫가에서

저 호수

얼마나 그리움의 깊이일까

저 혼자는 미동도 없지만

가랑잎 하나 떨어져도

깜짝 놀라 파문을 일으킨다

몹시도 힘들면

바람을 당겨

송두리째 뒤집히기도 하지만

자고 나면 새파랗게 더 시리기 마련이다

실눈썹 달이 잠깐 스친 게

우수수 갈대숲을 울리고

하염없는 구름을 띄워 보내기를

무슨 사무친 속내는

오래전에 앙금으로 굳어버린 일이다

이제는 들뜬 황혼이 찾아와

전신을 어루만지며

저게 세월이라고

곧 떠날 채비를 하는데

까무러칠 듯 어두운 얼굴을 드러내고 있다

그 집 앞

할아버지가

손자 유모차를 밀고 갑니다

할머니는

양산을 받으며

바람을 막아줍니다

우연하지 않은 훗날

이제는

손자가 할아버지 휠체어를 밀고 갑니다

할머니는

앞서간 모양입니다

당기고 미는 것이 세월이라고

질긴 고리가 채워져 있습니다

좀 있으면

그리움같이

등불이 켜져 밤길을 밝힐 것입니다

동백꽃

가장 화려했을 때
순간으로 목을 떨어트린다
지지부진하게 시든 꽃잎 날리는 부류하고는
얼마나 지조가 있으랴
혹간은 목숨을 건다고 맹세하기도 하는데
버리기가 그리 쉬운 일일까
충청도 내포에서
천주쟁이 목을 칠 때 꼭 그랬다고
우리 할아비도 잘린 목으로
물길 멀리 외연도 동백 숲에 묻혔는데
꽃 떨어질 때마다
바람도 몹시 사납기 마련이란다
후드득후드득 낭자한 꽃송이
버려도 비굴하지 않게
벌써 고목이다
해마다 스스로 목을 치는 빨갛게 타오르는 불길이다

저녁 식탁

나는
컴컴한 방에 들어박혀
오만 가지 수심으로 시를 끄적거리고
당신은 딸각딸각 주방에서 음식을 만듭니다
시는 남의 것도 내 아픔이기에
깊은 소굴로 넋을 잃기도 하는데
그때마다 당신은 죽비처럼
포르테시모의 식사 신호를 보냅니다
현실로 들어와서
동전 한 푼 쥐어주지 못하는 미안한 생각에
시업詩業의 자루를 팽개칠까 생각도 하는데
그렇게 한 이틀 지나면
초조 불안이 병으로 깊어가는 것을
이제 당신이 더 잘 알지요
우리는 미래보다 과거를 반성하는 게
더 중요하지요
언제나 둘만의 식탁에서 아무 말 없어도
내 시의 원동력이 당신에게 있는 것을 잘 알고 있지요

꿀꺽

어린 막내
밤길로 내보내고
뒤꼍에 쪼그리고 울던 우리 어메
내가 다가가자
언제 그랬냐는 듯 울음을 뚝 그치고
말없이 안고 머리를 쓰다듬는데
그 목에서 꿀꺽 무엇인가 넘어가는 소리밖에
알지 못하는 나이였어
뒤로도 어쩌다 보면
무엇을 토할 듯 가슴을 치는데
나는 체한 줄 만 알고 등을 두드리기만 했지
점점 세상으로 나아가고
너도 가고 나도 가야 하는 슬픈 것을 알기까지
어메는 파파로 늙었어도
이따금 술 취해 들어온 나를 그때처럼 안고
그래도 또 꿀꺽
대견하게 지탱하는 고마움이 천지신명이라 한 모양이야
저 너머로 가기 전
처음이자 마지막 죽을 드리는데

넙죽넙죽 받아먹고는

급기야 울컥 토해버려

그게 아마 꿀꺽꿀꺽 넘기던 화 덩어리였던가 봐

편안하게 잠드는 얼굴을 안고

나도 꿀꺽

아무도 모르는 뒤꼍에서 눈물을 훔치며 어메 참 잘했어

위안

늘그막이란

뭔가 가려지고 용서된다는 말일까

이것저것 따져서 무엇하겠냐만

숨통 트듯 자신이 보이니 말이다

쪼그리고 앉아 씨앗을 심으며

이제 좀 철이 드는 것만 같다

더도 말고 심은 만큼 거두어

한 몫이 과분하기를

하물며 지난가을의 열매를 생각하며

제값을 다하는 신비로움이 아뜩하다

흘러내린 산자락만 붙잡아도

보람이거늘

저 멧부리 숱한 무덤들

선한 어지럼에 찔끔 눈물이 돌기도 하고

긴긴 여름 밭에서

더러더러 솎아낸 자리가

큰 몫을 한 것도 알았다

일용할 양식의 뜻을

외려 팽팽한 긴장으로

아래로 내리는 길이 또렷해진다

숱하게 버텨간 사연에

보석 알갱이 같은 햇살이 고마워

더는 힘들지 않게 하루해를 넘기고 싶다

수경 찻집

그립다는 말이
제일 그리운 말이다
돌아가는 물길 위에 저문 찻집
마르고 또 마르는 물기처럼
날아간 세월일 거야
훤하게 들여다보이는 게
마음이어서
항아리 속에 감춰둔 달빛 같은 것
풀어놓으면
금세 눈물이 글썽거릴 텐데
그대로 가져가면 한스러워
가슴을 두드리게 되는 걸
월식처럼 갉아 먹는 그 무엇이
그녀를 망가트리고
후회로 지탱하는 목숨이야
저 물길 다 빠지도록
첨벙첨벙
시리게 건너오는 바람 같은 그리움이야

봄맞이

봄을 맞으러

나라 끝 마라도까지 내려갔는데

3월을 집어삼킬 듯

으르르 비바람이 앞선다

뒷걸음으로 버티며 나아가는데

유채꽃은 벌써 환하게 웃고 있다

나약한 것들에게 봄이 먼저 올 리가 없지

겨우내 거센 파도에 시달린 것이

잠깐 봄기운만 스쳐도

우우 일어나는 것이리라

마음이 앞서는 게 병이다

호된 고생하고서 돌아와

쿨럭쿨럭

한겨울 기침을 며칠이나 토해내고 나니

비로소 봄빛이 다가온다

세월이 가고

그대가

누구인지

설핏 고개를 숙이거나

스산하게 날리는 머릿결이나

가슴이 출렁이는 것도

엷은 속옷이 비치는 일도

노을이 지고 밤이 오는 일이나

눈물이 나서 참을 수 없는 일이나

그대가 누구인지

빗물이 흐르고

한참이나 지난 저녁나절

잊지 못하는 기억보다

슬픔의 경계 너머 젖어있는 뒷모습

낡은 치마폭 날리는 바람결에

마른 잎새 가쁘게 숨이 닿을 때

내리 깔은 눈빛으로

길게 서성이는 그대

하나둘 떠나가는 뒷전에

낮은 탄식으로

무덤처럼 굳어가는 그대가 누구인지

빈객賓客

눈 밑에 잔주름 따위는
오래전 일 같고
늘어진 얼굴을 연신 문지르며
보톡스라도 맞을까
멋대로 껄껄대는 여자
하지만 저 앞의 세월을 바라보는 데 감동하여
곧 봄이 오고 꽃이 필 거야
빈말이 아니게 축수하는데
허튼소리 그만하고 젊은 애들한테나 가봐
씩 웃으며
산전수전 다한 품이
무엇이건 녹일 수 있을 것 같다
뭐가 그리 바쁜지
하얗게 들고 일어서는 머리털을
감출 줄 모르는 시간
오늘따라
오래 노닥거리는데
아주 오래전

엄니 냄새 같기도 한 게

히죽 드러나는 금니가 연륜처럼 빛난다

다시 봄날

글을 쓴다고
수십 년 헤맨 것이
무슨 득이 있을까
세상만사 온갖 잡것 다 끌어들이고
몸집을 불린 일인데
일어나려고 해도 자꾸 주저앉아지는 거야
불면이 깊어질수록
봄은 더 화려하게 타고
거리보다는 저 깊은 오두막에 숨고만 싶어
그 고독과
오래 참음과
하나의 풀꽃으로도 피지 못할 것이라는
절망 같은 것을
평범한 듯한 비수로 어떻게 요리하는지
흠씬 쉬고 나면
구름도 떠가고
꽃들도 다 자기 자리로 돌아갈 것을
그 향기 여운이 꼭 향불 같은 거야
그것이 삶과 죽음을 넘는 기도같이

목마른 글 주머니를

자꾸 서럽게 만드는 거야

글의 무덤 위에 이 봄날은 절대로 머물지 않는 거야

삼경

그대였군요
깜깜한 밤 홀로 앉아
초롱초롱 눈을 닦습니다
순례의 길처럼
시린 별 하나 품으면서
앞서 이끌 것이라고 다짐을 합니다
요사스러운 심경에 들어앉은
아픔 같은 것도
그대가 나를 비추고 있기 때문이기에
몹쓸 병이라도 앓아버릴 듯
이역의 꿈만 같지요
아무 상관 없는 일이라도
마음에 품으면 내 것이 되듯
오늘 그대가 너무 멀어
더욱 밤이 깊어질 것이라는 희망이지요

진심

깊은 밤
으슥한 술집
좀 전의 여자가 잊지 말라 한다
그래
순간이 중요한 거야
느낌이란 펼쳐지는 비단이지
무언가 진지함이 지배하는 것 같아서
뜬구름 같은 말을
가슴에 묻고
그리움 같은 거 세워보는 것
그렇게
가끔 돌아오는 것들 속에 섞여서
무엇이 아픔이 있었나 속으로 만져보는 것

아둔한 미련

제3부

아둔한 **고백**

아둔한 미련

보리수 다방

해가 중천에 올라도
안창의 어둠은 걷히지 않는다
불그레한 조명 아래서
이순쯤 되는 여자가 화장한다
밑도 끝도 없이 추락했다가 올라온 모습이라고
더 뚜렷하게 얼굴을 살리고 있다
그쯤이면 비로소 문이 열리는
기다림이란
누구라도 좋다
엉거주춤 헛기침이라도 몇 번 하면
속내를 번쩍 알아채
아침에 걸린 가시를 족집게처럼 뽑아준다
커피 한 잔 더하여 땜하고
돌아서는 뒷모습
아주 오래된 몽환 같다
보리수 그늘
닳고 닳은 탁자 위에 무슨 흔적인가 남기고 나온다
까맣게 일그러진 약속 같은 거 말이다

늦봄

그녀의 치마가
바람에 펄럭이는가 싶더니
순간으로
안 볼 데를 보고야 말았다
망막 깊이 인화되어
지워지지 않는다
막역한 사이라서
말을 할까 말까 망설이다
급기야
거나하게 깊은 술자리에서
남의 얘기 비슷하게 끄집어낸다
따귀 한 대 맞을 각오였는데
'이 도둑놈아'
손가락으로 옆구리를 쿡 찌르며
은근슬쩍 팔짱을 끼는 그녀
갑자기 더 무서워지는 거 있지

낡은 가방

언제 봐도 그 가방이다

벗겨진 칠이 손때로 번들번들

무슨 세월이 그렇게 빠르다고 하면서

귀밑머리 희뜩희뜩

수없이 열었다 닫았다 하는 지퍼처럼

닳고 닳은 그녀도 유연하기 그지없다

한때 포화상태였던 것들이

우르르 빠져 난 뒤 쭈글쭈글하지만

금세 회복되는 탄력이

어느 때 무엇이든지 받아들일 수 있을 것 같다

번쩍번쩍 빛나는 루이뷔통보다

이것이 더 좋다며

손을 떠나지 않는 가방

때론 베개 구실도 하고

짧은 치마 아래를 가리는 중요한 구실도 한다

나는 그녀가 나이를 먹는 것이

오히려 더 아름답다고 생각한다

저 나무

흰칠한 숲을 지나다
꼬부라져 자빠질 것 같은 나무를 보았어요
쭉쭉 뻗은 것들 사이에서 질식할 듯
바람결에 가지를 여는 햇빛 조금 받고
답답한 숨통을 채우지요
부끄러운 등허리 누덕누덕 이끼무리가 차지하고
그래도 엉금엉금 기어 나오는 게 봄인지
빗줄기가 발치에 적시면
후르르후르르 몸을 털고 까슬까슬 앞날을 내다보지요
기마자세로 올라타도 좋을성싶은
그래서 어릴 적 아버지 등처럼 어루만져보며
한 바퀴 휘돌아온 세월을 척 걸쳐보지요
엎드려서 우러르는 공경처럼
구실에 관한 생각을 해보았어요
곁에 있는 나무들이 큰 쓰임새로 잘려나간 다음에
거들떠보지도 않을 이 못생긴 것
어쩌면 아주 주저앉을까 걱정도 되지만
제 자리만 고집하는 난만한 머리 위로
한 떼의 구름도 걷히고

햇빛과 물과 바람과

저기 저 산의 바위마저 고개를 끄덕끄덕

그렇게 고난이 뼈를 굳게 하며

독야청청 낙락장송이 되어가는 것일까요

믿음으로

떨어져 죽은
작은 새를 아파한다
천지 만물 움직이든 망가지든
절망까지 모두 다 믿음이다
숨 쉬지 않는 아이를 안고
넋이 나갔던 우리 어메도
끝까지 믿음이다
속에 품은 칼이
돌연 자신을 찌를 거라는 충격도 믿음이고
흔적 없이 부식하리라는 세월도 믿음이다
그리워하고 포개고 보듬기를
저 아픈 것들이
수많은 별처럼 떠오를 거라는 망상도 믿음이다

소요

오늘 저녁은 참 적요하게
방파제 길 위에
별들이 낮게 내린다
부드러운 풀잎도 귀를 쫑긋
가물가물한 수평선 너머로
품었던 사연을 날려 보낸다
사락사락 스치는 발길은 차갑고
어두컴컴한 시야는 가능한 공간이다
멀어진다는 것
떠나가면 돌아올 수 없는지
덧없는 그리움이 뒤를 민다
시작과 끝을 알 수 없는 거리에
막연한 바람결처럼
때 늦은 생각
누군가 만날 것 같은 오늘 저녁은
은은한 설렘으로 마냥 부풀어 오른다

산행

아랫녘의 물소리
밤새운 작업이 뿌연 김을 올리고
나뭇잎 알알이
땀방울을 매달은 오늘이 빛난다
값에 대하여 고민하는 망상을 떨치고
부족하여 가벼운 마음을 펼친다
돋보이게 추스르는 몸짓이
거만하지도 않았고
목청껏 소리를 질러도 고함이 되지 않았다
깊은 곳으로 흘러가는 구름 같은
사유의 원천
언제나 외로운 봉우리처럼
묵묵하게 젖어가는 것이다
진정으로 받아들여지는 마음이
햇살을 받으면
보잘것없는 일도
천천히 일어나는 것이다
굳어진 꿈도 가까운 시야 안에 풀어지는 것이다

창을 열며

세월이 흘러가도

손바닥만큼 비워둘 일이다

하나밖에는

한사코 가지려 한 것이 없어

등을 보이는 나무는 얼마나 나이를 먹었나

힘든 시간 속에서 행복했어

너무 늦지 않게

한숨 한 번 쉬고 나면

넘지 못하는 한계는 자신을 일으켜 세우는 것

홀로 독백하며

아직도 설렘이려니

밀려오는 물결의 근원을 향하여

하루의 길을 염려한다

주체할 수 없는 속박을 풀어

부드러운 옷을 입고 싶다

연초록으로 해묵은 근심을 감추고 싶다

아둔한 고백

어김없이 봄이 오는가
생각할 겨를도 없이 꽃망울이 터지고
부랴부랴 일어서는 기운을 주체할 수 없다
얼어붙은 강이 어떻게 몸을 푸는지
저 아래에서 거슬러 오르는
고동 소리로 어젯밤 꿈이 뒤척이고
가난한 자의 굴렁쇠 같은 세월이 머뭇거린다
씨앗 뿌리는 손을 기다리지만
뭐에 이끌려 어긋난 길로 들어섰는지
크고 작은 사연들이 대지를 빈틈없이 채우지만
뒷전에 내려앉아 절름거리며
과실을 축내기만 했다
고개를 푹 수그리면 본래의 자리로 돌아오는지
여기서 다시 동력을 받아
황무지에라도 들면
묵은 뿌리를 내리고 싶다
때가 되면 푸른 꿈에 겨워
무슨 일이라도 거뜬할 것 같아
이윽고 드러나는 하얀 촉루髑髏 같은 진실이 되고 싶다

나사못

판과 다리를 고정하려

나사못을 써야겠다

머리에 십자가 선명하다

드라이버를 꼭 끼고 돌리면

수직과 수평이 딱 맞춰진다

십자가 지고 가신 한 분도

전후좌우 상하로 세상을 조여

바로 세우셨기를

상징이라기보다 사실이다

혼자보다는

너와 나의 교합이 힘이다

텅탕 망치로 때리는 못보다

유연해도

더 정확하고 견고하게 조합이 되는 것이다

식욕에 대하여

식욕이 목숨이거늘
개심사 연못에 작은 물고기들 쉴 사이가 없다
먹이를 찾아 못을 한 바퀴 휘저어도 빈 물살만 일으키며
주둥이를 벌름거린다
과자 부스러기를 던져주자 와! 저 찬란한 식욕

사람들도 좁은 나무다리로 무량수각에 이르지만
쿵쿵거리는 사바세계의 갈증을 끊을 수 없다
정 구업 수리수리 입을 다스려도
정작 붉어지는 번뇌는 어찌할까

절 그림자 어느새 꼬리를 내리고
빈 것들이 소리를 낸다
추녀 끝의 풍경이 배고픈 소리로 울면
뚱뚱한 범종이 삼라만상을 다 토해내고
창자까지 긁어낸 목어는
아예 식욕 따위는 끊어버린 자리에 매달려 있는데
그렇게 빈 것들의 울림이 예불이어서
극락왕생의 길은 식욕으로 도달하지 못하는 것인지

우주를 한 바퀴 휘 돌아온다 해도

허기는 채울 수 없어

삼천대계에

먹고 먹히며 죽었다가 살아나는 것이 섭리일까

간간한 식욕에서

용화세계도 죽죽 살아나며

오욕칠정이 다 자비의 근원이라고 보면

부처님도 빙그레 웃는 저 의미는 무엇일까

무량사에서

산문 밖에
감꽃이 후드득 지던데
참 덧없다고 생각하며 부처님께 이르니
말씀이 없으시다
억조창생을 손바닥에 올려놓고서도
그까짓 것 하시느니
황감하여
마음속에 알지 못할 생각이 일어나는데
눈을 반쯤 뜨셨다
내 목숨 바라보시는지
뎅그렁뎅그렁 풍경소리로
바람을 울리신다
지천으로 살아있는 무리가 하나같이
극락에 오른다면
뒤돌아볼 일도 없겠지만
떨어지는 감꽃 하나만으로도
오늘을 헤아릴 수 있는 것이 무엇일까
문득
저 아래서 나를 건져 올리듯

뒤를 탁 치는 말씀 하나

더 깊게 열어야 조금 받을 수 있다 하신다

일몰

문을 닫기엔 좀 이른 시각이다
삐꺽거리는 작업에 뭐가 빠진 것처럼
허둥대며
끌어당기는 노을 쪽으로 한숨을 앞세운다
뒤돌아보면 무성하던 녹음이
울컥울컥 물을 내리는 소리
어느 결에선가
뚝뚝 떨어지는 식은땀인지 아래를 적신다
멀리 바람을 몰아오는 기세가
무슨 큰일이 벌어질 조짐인가
갈피를 잡지 못하는 생각도 뉘어야 하는 모양이다
저 건너에서는 일을 마치고
허드레 불을 놓는지
마감이란 그렇게
흔적을 남기지 않아야 한다고 생각하는데
아둔한 미련이 뒤를 잡는다
그래
먼데 그리움이 아직 흔들리고 있는데
몰아오는 바람이 문전을 때리고

밤새워 마음을 졸이며 서성이는 모양이다

오랜 기다림도 깊은 어둠에 싸여 가고 있는가 보다

인연

옷깃 스친 뿐인데요
무슨 바람이 일겠어요
하지만
깊어가는 속내를 어찌할까요
알 수 없는 일 한 번
저지르고 싶은 마음이
내가 아니기를
무슨 걸림돌 같은 것이
뜻하지 않은 기쁨이 될 수도 있겠지요
욕망과 신념의 줄다리기에
작은 새 깃털같이
하늘이 너무 깊어요
아무 일 없는 것 같아도
감당할 수 없는 그리움에 빠져들까 봐요
그 뒤에 오는
슬픔 같은 거는 어떤 모양일까요

호반

달빛이 내려와 깔리는데

호숫가의

갈대들은 수면을 향하여 고개를 숙이고

완곡하게 드러나는 너의 모습

향기로운 입김 떨게 하던 깊은 밤의 대월對月을

인화지처럼 보리라

영혼을 너에게 보내리

낮은음으로 내려가는 사이의 쉼표는

겸손을 가다듬는 시간을 허락하고

처절한 생명의 바탕에서

잠깐의 밀회를 위하여

엷은 속살을 태워 올리는 물안개

혼곤한 슬픔으로 밤새워 가슴에 와 잠기고 있다

풀꽃

한 폭
바람결에
설레기 마련이지요
고요한 아침
한 방울 이슬이 소중하고
오래 묵은 몸이 일어섭니다
주저앉을 뻔했지만
무슨 일인가
빠끔히 얼굴을 내밀지요
깊은 주름살을 접으며
척박한 밭 어귀
손바닥만 한 양지 녘을 끌어옵니다
용서하고
위하여 살아가기를
하찮은 것이 무엇이며
더 낮은 곳이 어디에 있습니까
어느새 들판도 가득
숨가쁜 일을 벌이고 있지 않습니까

오늘

아득한 물결이었다
저 깊은 속에 숨은 그리움 말고는
아무것도 내세운 것이 없는 비루함이
울컥울컥 한계를 넘는다
숨 막힐 것 같았던 세월이었다고
자책하지만
한 번도 변하지 않은 마음이야 어디로 갈까
더러는 느슨한 삶으로 안주하고 싶지만
오히려 부담스러운 휴식을 경계한다
독하게 이끌고 간 사람들도
후회로 결말짓는 것을
산다는 생리가
허물어지는 것을 전제로 하는 것일까
힘겨운 날엔 내려놓고 싶어도
어느새 돌아와 있는 바람이다
풀리지 않은 의문을 안고서도
납작 엎드려
오늘의 경과만을 따져보기로 하자

회복

옴츠렸던 허리를 펴니
코앞에 성큼 봄인가 봐요
언뜻 지나는 바람인지
한길 둑 밑으로 천천히 내려앉습니다
겨우내 조이던 뼈마디가 우두둑 호젓한 봄볕이
나만의 일 같습니다만
쪼끄만 풀꽃 먼저
손바닥만 한 나라를 펼치고 있네요
저것들이 어떻게 사람을 제치고
첫머리를 차지하다니요
바짝 들여다봐 있을 건 다 있고
할 일 다 하는데
점점 크게 번져 눈에 가득하네요
지난해 푸석한 지푸라기들이 널브러진 위에서
앙증맞은 게
무슨 악곡 한 소절 갈아 끼우는 것과는 다르지요
힘들고 지친 시간을 잇는 끝 모를 윤회 같은 거를요
문 앞까지 아지랑이가 드리우고
숨어서 무슨 일인가 저지를 듯 가슴이 뛰네요

가물가물한 길로 무작정 뛰어가도

하나의 밀알로 받아들여질 것을 꼭 믿고 있으니까요

아둔한 미련

제4부

생각지도 않은 **일**

아둔한 미련

수목원에서

이른 봄비 내리고
잠에서 깨어나는 나무를 본다
팽배한 긴장으로
셔터를 열어 햇살을 받아들인다
지난겨울 늑골을 조이던 나사도 풀리고
혹한의 나이테 안으로
아둔한 마음도 녹아든다
그리운 것이 있기에 세월은 다가오리라
무성한 잎을 향하여 줄달음치는
물관부의 팽창을
두근두근 감지하며
두꺼운 각질이 터지는 아픔은 필연의 일이다
새 살을 채울 것이다
깊은 상처의 골을 넘어
운명처럼 만남을 향하여
흔들리지 않는 나무로 늙어갈 것이다

한겨울

눈꽃 휘날리며

원시림 무너진 시간으로 들어간다

우르르 통나무 내려앉는 소리

속 알이 신음처럼 뒤집혀

열리는 입으로 쏟아져 나오는 검은 살덩이들

똑같은 모양으로 찍혀져 비로소 할 일을 찾는다

번쩍번쩍 얼어도

지칠 줄 모르고 다다르는 힘

달동네 처마에 갈고리 같은 손이 마중한다

양은 주전자 달각거리며 팡팡 내뿜는 김이 가득히

눈발은

검은 가루 뿌리는 탄전을 잠재우며 따라왔을 것이다

낮은 자리는 언제나 포근하여

온 천지 하얀 눈 속에 며칠이나 잠들지 모르겠다

이 밤을 뜨뜻하게 지피는

천길만길 토해낸 검은 괴탄처럼

두려워하지 않고

무너지는 통나무 그 울음처럼 몸을 맡겨볼 일이다

적멸

나른한 갈대숲이 서로 부딪는 소리를 듣고 있니

물의 노래는 지나온 날을 저만큼 밀어두고

나직하다가도 크게 울리고 있어

무슨 기준을 두고 한 게 아니라는 걸 알면서도

목마른 애욕같이 출렁이는 향방 없는 일이었지

쓸쓸함이란 아직 저물지 않았다는 바램이어서

저녁 강변의 뜨내기 같은 바람도 혹간 위로 솟구치면서

기다림의 아픈 상처를 건드리고 있지

여기서 무엇을 맞이한들 헛된 일이 될 거라고

애써 뒷짐을 지은 한 그루 나무처럼

먼 데를 바라보게 되는 것이지

베어낸 그루터기에 철모르게 돋아난 새싹도

싸락눈을 안고 돌아가는가 봐

더는 보지 말자고 느릿느릿 흐려지는 산봉우리에서

오늘이란 단막도 어디론가 쭉쭉 빠져나가고 있지

애당초의 원인을 곰곰 생각해도

알 수 없었다는 의문으로 막을 내리는 장엄한 슬픔

소리 없이 다가오는 큰 어둠이

다시 돌아오지 못한다는 거룩한 말씀까지도 거두어 가고 있지

동면

이파리를 털어낸 가지 끝에
초롱초롱 맺히는 이슬
헉헉 내품던 숨을 고르는 땀방울이다
이제는 저 깊게 내린 뿌리에
감사해야 할 때이다
얼마큼의 시간을 힘들어하며
또 얼마큼으로 채워지는 것일까
너무 아파서
윙윙 소리 내어 울던 밤도
꺾이지 말아야 한다고 안간힘을 쓰던
폭풍우 속에서도
고난이란 늘 두터운 옷을 입게 하는 것
여기서 어루만져보고
나른한 팔다리를 내리면
두려움으로 가르치는
내일의 일을 생각하게 하리니
쌀쌀한 겨울 볕에
죽은 듯이 엎드린 산맥도
언제 깨어날지 모르는 깊은 잠이 들고 있다

여정

다 미련이던데
싹 지우지 못하고 조금 남겨둔 것
아직은 붉은 낙엽이나
찬 서리 까치밥이나
문득 튀어나온 깨진 기왓장 같은 거
미련하게 푸른 날
이루지 못한 사랑도 아직 숨을 쉬고 있어
남은 것은 사라진 것을 증명하지
조금 비워둔 채
굽이굽이 저 강물도
어떻게 흘러 완성될 것인가
파란만장이란 길을 타고
언제나 떠나간 것을 그리워하고
다다른 게 다인 것 같지만
한 생애라고 단정하여
기쁨이나 슬픔 같은 장식을 달고 있지
애태우는 달빛처럼
차고 기울며
알지 못하는 궤도를 가고 있는 것이겠지

입동 즈음

시시한 일이 어디에 있을까
작은 일에 들이는 정성이 소중하다
아침에 정신을 가다듬고
저녁에 확인하기를
무슨 도를 닦는 것처럼 하자는 것이 아니다
굴러가는 가랑잎을 모아 불을 놓으며
승천의 의식처럼 깊어지는 것도
내 안에 태울 것이 있기 때문이다
삶이란 잣대로 평가되는 것이 아니라
어떻게라는 보편이어서
흠결 없는 물처럼 편안해지고 싶은 것이다
태운 연기를 가슴에 묻으며
앞서간 것들 되짚어 이름을 붙여보지만
목록조차 주르르 잡아당기는 싸늘한 기운
조금 남아 있던 가을도 벌써 기울었는가 보다

추야장秋夜長

늦가을은 서두르고
저녁이 오면 문을 닫아야 하지
천지간도 어둠의 장막이 내리는데
진종일 열기를 밖으로 내보내고
늑골을 더듬어보는 것이지
멀리 돌아온 바람도 제 꼬리를 다듬는가 봐
언뜻 비쳤던 잔상 하나 안고
엎치락뒤치락 잠그지 못하는
무슨 연민이라 할까
익숙한 모습을 객으로 바라보며
변죽으로 붉히던 얼굴
밤은 너무 길어서 고르지 못한 호흡을 들쑤시고
두근두근 불면으로 이어지지
여러 나라말이 섞인 듯 뒤죽박죽
저 언덕에서 휘파람으로 날아간 게 약속이었는지
무슨 속임수가 있듯이
새벽이란 물음표 위로
늦은 별빛도 누렇게 힘을 잃고 자리를 내어주고 있지

늦가을

층층이 쌓이는 노을을 밟고 걸어갑니다

그대를 사랑한 편린처럼

수많은 철새 떼 날아오릅니다

삶의 분지를 하얗게 덮는 억새의 물결

지나온 쪽으로 머리 숙여 몹시 그리운가 보지요

무지개 이편과 저편에서 같은 꿈을 꾸던

잠시만의 아쉬움

사로잡았던 환상의 여름날을 무엇이 이끌어 갔을까요

하현달처럼 흔들리며 눈물지었을 그 대답을

그냥 묻어

한적한 해변의 조약돌처럼 조금씩 몸을 깎겠어요

고르지 않은 게 세월이지만 그 흐름은 평등하여

어느 날인가 같은 곳에 도달하겠지요

매듭짓지 못한 게 상처인들

어둠이 내리면 묻히게 되는 것일까요

머쓱하게 얼굴을 붉히는 해도 서산을 넘고 있네요

언제부턴가

간이역엔 바람의 통로가 있다
마음 한가운데를
관통하는
늘
아물지 못하는 시린 곳이 있다
코스모스가 운명처럼 키를 세우고
아득한 선로 끝으로 눈망울을 열어도
늦게 돌아오는 기척 몇이 언뜻 사라질 뿐이다
오래 참아
남루한 불빛 같은 기다림은
조그만 유리창 안으로 좁혀들고
마중 나온 사람들조차 가물가물 기억 밖의 일이다
이제 문을 닫아도 될 때
그래도
빨갛게 밤을 새우는 시그널처럼
꺼지지 않는 약속이 있었던 모양이다

낙화에 대하여

누가 잠깐 다녀간 것처럼
꽃이 진다지요
속속들이 알 수 없던 내막이
어느 날 툭툭 떨어지는 비정한 사실을
애써 얼버무리지요
미처 아물지 못한 꽃잎을 두고도
말라버린 향기 저쪽이라고
그 빛깔 아련한 눈을 닫지요
자연이나 운명이나 매한가지 말로
사랑이란 무지몽매한 일을 떠올리게 되거든요
그래서 낭만과 우울 어느 쪽에도 속하지 않은
앙금 같은 세월을 잡아당기는 것이지요
퍼 내버린 향기가 어느샌가 그리움으로 따라와
아픔과 좌절을 되새기기에는
턱턱 가로막던 비굴함을 걷어낼 수 없어요
가슴을 조이게 하고
용서를 구하는 천박함조차도
무슨 염원으로 헤아릴 수 없어요
아픈 인연으로 꽃이 피고 지고 헤매는 것이지요

가치

새로 나온 십 원짜리 동전
떨어져 있어도 거들떠보지 않는다
얄팍한 게
입김에도 달막거린다
전에 것 공중전화기에 넣고
딸깍 걸리던 금속성
분명 같은 금액 표기인데 현저한 차이다
사실 나도 쓸 만했었는데
속에 있는 거 평가절하하고
주섬주섬 털어내고 보니
엷은 바람에도 쉽게 흔들린다
부족한 게
오히려 마음이 편하려니
추한 얼굴이 아니면 다행인 듯싶다
무슨 생각인지 얼른 동전을 주워 넣으며
그래도 호주머니가 따뜻하다

시냇가에서

냇물에 발을 담그며
덧없이 흘러간 세월이라고
그래도 여전히 푸른 하늘과
무성하게 잎이 피어나는 것을
물 한 움큼 쥐어 얼굴을 식히기도 하고
꼼지락꼼지락
발가락까지 내려간 때도 씻어 내린다
여기서 조약돌 하나 던져 무엇을 멈출 수 있을까
그리 허무한 것들과
돌아오지 못하는 추억을 이쯤에 두고
아무 상관없는 것들로도
빈자리를 채우리라
아쉬움이란 흘러간 것이 아니라
저리 밀려오는 벅찬 일이라
그렇게 깊은 물길을 내는 상처는 필연이다
얼마큼에서 멈출지 몰라도
분명한 것은 대해의 믿음이다
더는 머뭇거리지 말고

수북한 앙금이며 모두 밀어내기를

순간의 흐름이 무슨 기쁨인가 짚어보는 것이다

생각지도 않은 일처럼

또 봄이 오네요
손을 놓으면서도
잊지 말자던 약속같이
깨알 같은 들꽃들도
수 없이 종알거리며
다시 올 것 같지 않던 봄이 오네요
천방지축 숨겨둔 바람일 거예요
외롭다거나
슬프다거나 하는 꼬리가 달린
혹은 자해의 칼날 같은 바람 말이어요
그게 다 빠져나가야만
봄이 온다는 어렴풋한 안개 속이기도 하고요
쨍쨍 햇빛 쏟아지면
숨을 것처럼 부끄러운 일도
한 발짝 걸어 나가겠지만
천만년이나 사랑할 듯 뭉친 것들이
어떻게 풀어질까요

너무 힘든

숨은 내막이 이제 막 꽃으로 피려는 모양이어요

세모

이맘때면 왜
손을 안으로 들이지 못하는 것일까
묶인 자루처럼 되는지 몰라
흐릿한 시야 속으로 미열이
아편꽃 피듯
휘청거리는 세월을 끌어안고 있지
새로운 것이라고 아우성 속으로 발을 디디지만
내 것 같지 않아
욱신욱신
구석에 웅크리게 되지
목이 마른 모양이야
떨어야 시작이라고 외치는 끝자락
좀 더 정직해지자고
이리저리 뒤채는 고물을 용서할 수 있을까
그래도 괜찮아
괜찮아
자꾸만 쓸어 덮으며 나아가는 것이려니
뜻을 세우기보다

내려앉는 게 순응하는 거야

이제는 외로움에 하나같이 적응해 나가는 거야

오래된 나무

여기서
언제까지든 기다리네
저무는 햇살에 시린 것들을 감싸듯
따뜻한 기대였으면 좋겠네
풀벌레 소리도 잦아들고
쌀쌀한 바람에 실려 오는 희미한 기척이라도
그게 무슨 사연인지
내가 중심이고 좌표이니 움직일 수 없네
무덤에 발 담그고
어디만큼인지 내다보고만 있네
감춰야 할 것들이
한숨이 될지라도
귓가에 나직한 영혼으로 다가오는
아득한 기쁨이 되어야 하리
흔적이 없어지도록 오랜 세월 그리하겠네

섬

섬은 언제나 혼자다

옹기종기 모여 있어도 결국은 혼자다

통통배가 사연을 퍼 날라도

홀로 생각하고 홀로 잠든다

여느 잠잠한 날 부끄럼처럼

온몸을 드러내도

이를 수 없는 한계 위에 떠 있는 것뿐이다

섬은 외롭지만 가라앉지 않는다

섬의 뿌리는 아무도 건드리지 못한다

아둔한 미련

깊은 사유와 편안한 어법, 그리고 묘사의 절창

공광규_ 시인

아둔한 미련

깊은 사유와 편안한 어법,
그리고 묘사의 절창

공광규_ 시인

1.

최충식 선생은 1988년 《시와의식》으로 등단해, 홍주문학 회장과 한국문인협회 이사, 국제펜클럽한국본부 충남지역 회장을 역임하고 충청남도문화상, 대한민국향토문학상, 암웨이 청하문학상 등을 수상했다. 지난 30여 년 보령도서관과 홍성 도서관 관장 등 공직을 역임하다 퇴직한 시인은 충청도의 대표적 지성 가운데 한 분이다.

지금까지 시집 『사랑과 고뇌』 『달래강 노을』 『은하의 뜰』 『그리운 것을 더 그리워하면』 『바닷가 노래방』 등의 시집을 냈다. 이번 시집 원고를 읽어가면서 인생에 대한 편안하고 정감 넘치는 충청도 선배의 서정을 듣는 듯, 제재와 발성에서 지역적 친연성을 많이 느꼈다. 필자의 고향인 청양과 가까운 반농 반도의 전원적 풍광과 주변의 지명인 무량사와 대천 등이 익숙했기 때문일 것이다.

충청 지식인의 깊은 사유와 편안한 어법, 그리고 묘사의 절창이 속속 보이는 선생의 시집 속에는 "컴컴한 방에 틀어박혀/ 오만 가지 수심으로 시를 끄적거리"(「저녁 식탁」)는 노년의 시인 모습이 중후하고 아름답게 떠오른다. 시인의 아내가 주방에서 음식을 만들 듯 오랫동안 시를 쓰는 그가 "시업詩業의 자루를 팽개칠까 하"며 고민하는 모습, 그렇게 한 이틀 지나면 초조와 "불안이 병으로 깊어가는" 시의 명현 현상을 앓는 모습이 선연하다.

이런 깊은 사유와 시적 고뇌에 찬 시인이 형상한 시의 제재적 특성은 시간과 계절, 그리고 물과 바다, 불교로 정리된다.

2.

시간은 화살과 같다는 명구가 있다. 또 시간은 나이만큼의 속도로 지나간다는 세속의 말이 있다. 60살은 시간당 60키로미터, 70살은 시간당 70키로 미터 흘러간다는 얘기다. 사람을 포함한 모든 생물은 나는 것과 죽는 것이 때가 있다. 이런 사물과 인간에 대한 무상의 원리를 체득하고 있는 최충식 선생은 시편 속에 시간을 의식하는 어휘들을 상당수 언술하고 있다.

이를테면 시 「낡은 가방」과 「일몰」을 비롯해, 「위안」 「그 집 앞」 「낙화에 대하여」 「대천 바닷가에서」 「늦가을」 「추야장」 「빈객」 「가을날」 「세모」 「눈금」 「동백꽃」 「언제부턴가」 「호반」 「창을 열며」 「소요」 등 많은 시편들이다. 시인의 말대로 인생은 정말 "누가 잠깐 다녀간 것처럼/ 꽃이"(「낙화에 대하여」) 지는 것과 같다. 최충식 선생은 시간을 견딘 낡은 대상을 아름다운 시선으로 바라본다.

> 언제 봐도 그 가방이다
> 벗겨진 칠이 손때로 번들번들
> 무슨 세월이 그렇게 빠르다고 하면서
> 귀밑머리 희뜩희뜩
> 수없이 열었다 닫았다 하는 지퍼처럼
> 닳고 닳은 그녀도 유연하기 그지없다
> 한때 포화상태였던 것들이
> 우르르 빠져 나간 뒤 쭈글쭈글하지만
> 금세 회복되는 탄력이
> 어느 때 무엇이든지 받아들일 수 있을 것 같다
>
> — 「낡은 가방」 부분

선생은 시를 통해 새롭고 비싼 가방보다 오래 사용해 익숙한 가방과 나이든 인물을 병치하면서 오래된 것에 대한 친숙한 시간 의식을 드러내고 있다. 칠이 벗겨지고 손때가 묻은 낡은 가방과 귀밑머리가 희뜩희뜩한 인물은 동격이다. 낡은 가방과 머리카락이 흰 나이 든 인물을 중첩시킨다. 결국 시간은 오래된 가방과 같은 유연한 인물을 만든다는 게 시인이 독자에게 전달하고 싶은 의도다.

가죽이 유연해진 오래 사용한 가방은 물건이 빠져 나가면 홀쭉해졌다가 물건을 집어넣으면 금세 회복된다. 오래된 사람은 낡은 가방과 같아 사물이든 인물이든 대상을 담고 내놓는데 유연하다. 상대의 말이나 세상에 대한 처세를 유연하게 한다. 시 「낡은 가방」이 사물과 인물의 대비를 통해 오래된 사람의 유연함을 형상했다면, 시 「일몰」은 세상에 미련을 가지고 있는 자신의 생각이 아둔한 일이라는 성찰에 이른다.

> 저 건너에서는 일을 마치고
> 허드레 불을 놓는지
> 마감이란 그렇게
> 흔적을 남기지 않아야 한다고 생각하는데
> 아둔한 미련이 뒤를 잡는다
>
> - 「일몰」 부분

선생의 시 「일몰」은 시 전체가 저물어가는 인생에 대한 비유다. 날이 저물면 들판에서 농부들이 일을 마치고 허드레 불을 놓아 검불 등 불필요한 것들을 태워 없애버리는 것처럼, 우리 인생도 흔적 없이 세상을 떠나는 것이 맞는데, 일몰에 가까운 나이가 되어서도 무언가를 남기지 못했다는 미련을 버리지 못하고 있는 아둔한 자신을 비유적으로 진술하고 있다.

시적 화자는 자신의 생물학적 관념적 인생의 시각을 일몰의 시간으로 인식하고 있다. 지난 "시간이 울컥울컥 물을 내리"던 삶을 돌아보면 미흡한 상태로 인생의 일몰에 이른 것이다. 이 무언가를 이루기 위해 허둥대는 화자의 모습, 그러나 이것은 영속하는 시간 속에서 보면 "아둔한 미련"일 뿐이다.

　할아버지가
　손자 유모차를 밀고 갑니다
　할머니는
　양산을 받으며
　바람을 막아줍니다
　우연하지 않은 훗날
　이제는
　손자가 할아버지 휠체어를 밀고 갑니다
　할머니는
　앞서간 모양입니다
　당기고 미는 것이 세월이라고
　질긴 고리가 채워져 있습니다
　좀 있으면
　그리움같이
　등불이 켜져 밤길을 밝힐 것입니다

- 「그 집 앞」 전문

　선생의 시 「그 집 앞」은 할아버지와 손자를 통해 시간의 영
속성과 고리를 형상하고 있다. 긴 시간을 축약해서 보는 시인
의 혜안이 한 편의 시에 간명하게 담긴 절창이다. 손자는 계속
태어나 할아버지가 된다. 할아버지는 손자 유모차를 밀고, 성
장한 손자는 할아버지 휠체어를 민다. 손자와 할아버지가 밀

고 미는 고리를 형성하면서 시간은 흘러간다. 인간의 탄생과 성장과 죽음과 존재 여부를 시 한 편으로 형상하고 있다.

위에 언급한 것처럼 최충식 선생의 시에는 시간을 제시하고 의식하는 어휘들이 상당하다. 시 「소요」에서는 적요한 저녁 방파제 길 위에서 별들이 낮게 내리는 모습을 보고, "부드러운 풀잎도 귀를 쫑긋"한다는 감각을 독자에게 선물한다. 달빛이 내리는 호수를 형상한 시 「호반」도 달빛이 내리는 아름다운 밤의 심상이다. 시 「빈객」에서는 "눈 밑에 잔주름"이 많은 여자를 "아주 오래된 엄니 냄새 같기도" 하고 "히죽 드러나는 금니가 연륜처럼 빛난다"고 한다. 선생의 시간 의식은 안타까움이나 부정이 아니라 포용이고 긍정이다. 선생의 시간 의식은 사물이나 사건, 인물의 아름다운 배경이 되어준다.

3.

최충식 선생은 시에서 계절을 자주 언급한다. 계절에 대한 언급은 시인의 시간 의식의 반영이다. 계절이나 절기는 시간에 따라 변화하는 사물의 외형을 뭉텅이로 잘라서 보는 관습이다. 기후와 기온 변화에 의해 나타나는 사물의 변화를 관념화한 계절과 절기. 그러나 봄과 여름 사이, 여름과 가을 사이, 가을과 겨울 사이, 겨울과 봄 사이는 완벽하게 자를 수 있는 마디가 있는 것은 아니다.

선생이 계절과 절기를 언급한 시는 「다시 봄날」 「절대絶對」 「평정」 「가을날」 「세모」 「생각지도 않은 일처럼」 「아둔과 고백」 「늦가을」 「봄맞이」 「애수」 「추야장」 등 다수다. 사람들은 대개 계절을 통해 시간의 흐름을 측정한다. 선생은 봄날을 기해 아래와 같이 글쓰기에 대해 반문한다.

> 글을 쓴다고
> 수십 년 헤맨 것이
> 무슨 득이 있을까
>
> ― 「다시 봄날」 부분

> 봄을 맞으러
> 나라 끝 마라도까지 내려갔는데
> 3월을 집어삼킬 듯
> 으스스 바람이 앞선다
> 뒷걸음으로 버티며 나아가는데
> 유채꽃은 벌써 환하게 웃고 있다
>
> ― 「봄맞이」 부분

시 「다시 봄날」에서 진술하듯 글쓰기는 하루아침에 이룰 수 없는 부단한 시간을 요하는 작업이다. 이 지루한 글쓰기에 대해 반문하지 않는 문인은 없다. 글쓰기는 아무도 정복해 본 적이 없는, 정복할 수 없는 무형의 봉우리이기 때문이다. 반문의 시작은 자기 갱신의 시작이다. 자기 성장의 시간이다. 반문 없는 글쓰기는 죽은 글쓰기다. 반문은 생명을 퍼 올리는 작업이다. 시인은 이런 반문과 고독과 인내 위에서 위대한 시의 꽃봉오리를 탄생시킨다.

시 「봄맞이」에서 시인은 봄을 맞으러 국토의 남쪽 마라도까지 간다. 봄바람은 불지만 유채꽃은 벌써 환하게 피어 있다. 계절의 봄과 달리 화자의 몸은 봄이 아니다. 감기에 걸려 호된 고생을 하며 며칠을 지내고 나서야 봄빛을 몸으로 받는다. 봄에 쓴 시 「아둔한 고백」에서 시인은 "어김없이 봄이 오는가/ 생각할 겨를도 없이 꽃망울이 터지고/ 부랴부랴 일어서는 기운을 주체할 수 없다"고 한다. 이렇듯 계절은 어김없이 찾아오고, 화자가 시간의 흐름을 생각하기도 전에 봄은 와서 꽃망울을 터뜨린다.

벽보다 무서운 철조망을
덩굴장미가 타고 오른다
저것이 처음에는 주저앉을 것 같더니만
무슨 결심이라도 선 듯
이리저리 새 순을 내며
날카로운 쇠끝을 넘어간다
어느 곳도 찔린 데가 없는데
피를 토하는 얼굴

－「평정」 부분

쪼그리고 앉아 씨앗을 심으며

이제 좀 철이 드는 것만 같다

더도 말고 심은 만큼 거두어

한 몫이 과분하기를

하물며 지난 가을의 열매를 생각하며

제값을 다하는 신비로움이 아득하다

- 「위안」 부분

봄날 화사한 덩굴장미가 기어 올라가는 담장을 묘사한 시 「평정」은 절창이다. 시인이 보여주는 철조망을 친 담장을 기어 오르는 덩굴장미, 독자는 위험한 담벼락을 넘어가는 덩굴장미를 통해 어려움을 극복해 가는 인간의 투지와 의지를 생각해낼 것이다. 시인은 덩굴장미가 철조망 가시를 덮는 사례를 제시한다. 인간은 가시에 찔리는 시련 뒤에 화려한 봄을 맞이한다.

시 「위안」은 봄날에 가을을 생각하며 쓴 시다. 선생은 관념적 시간 의식인 '늘그막'으로 자신의 몸을 측정한다. 화자는 아주 낮은 자세로 땅에 씨앗을 심으며 철이 드는 것만 같다고 한다. 심은 만큼의 시간의 결과를, 제 값을 다하는 가을에 열매에서 시간의 신비로움을 발견했기 때문일 것이다. 화자는 시간의 무덤인 멧부리의 무덤들을 보기도 하고, "여름 밭에서/ 더러더러 솎아낸 자리가/ 큰 몫"하는 것을 인지하기도 한다. 외부를 향한 발성이 아닌 자신의 내부를 들여다보면서 깨닫는 자기 성찰적 모습을 보이는 시다. 가을 제재의 시 「절대絶

對」는 선적 고요와 직관이 드러나는 명품이다.

　고추잠자리 하나
　연한 줄기 끝에서
　위태롭다
　소슬바람 날개를 흔들어도
　저 첨예의 안정
　머리 위 하늘은 자지러질 듯 푸르러
　넋을 빼고
　홀로 정지된 보람
　가을의 중심이다
　아무도 너의 일에 대하여 알지 못한다

　　　　　　　　　　　　　　　－「절대絶對」 전문

　시인의 섬세한 묘사가 낳은 걸작이다. 아름다움의 극치는 이렇듯 무너질 듯 말듯하면서 무너지지 않는 이런 균형일 것이다. 한적한 우리나라의 가을날에 볼 수 있는 풍광이다. 작고 위태로운 것들이 무너질 듯 정지와 긴장과 균형을 맞추고 있다. 시인은 "바닥까지 비치는 저수지의 가을"(「애수」)에서 고여 있는 슬픔을 감각한다.

　계절을 노래한 선생의 절창들은 봄과 가을에 집중 되어 있다. 여름과 겨울 소재는 드문 편이다. 다른 시인들의 시들도 거의 봄과 가을에 제재가 집중되는 것으로 파악된다. 봄과 가을의 상쾌한 기온과 신선하거나 화려한 색감의 변화가 사람의 눈을 유혹하고 거기에 시인들의 심경이 변화를 일으켜 반응하기 때문일 것이다.

4.

물은 자유, 자연스러움의 상징이다. 그러면서도 바위나 바람을 만나면 거칠어진다. 이중적 의미를 발신하는 물은 인간이 가진 속성과 비슷하다. 최충식 선생은 시에 물과 바다를 자주 언급한다. 자아의 투영이다. 시 문장에 물과 바다를 비중 있게 언급한 시는 「대천 바닷가에서」「섬마을」「바닷가에 오두막 하나 지어」「호숫가에서」「폭풍우」 등이다.

전망 좋게
옹기종기 팔을 건 집들
엄청난 태풍에도
작은 게처럼 눈을 반짝거린다
집과 집을 이어주는 실핏줄 같은 골목들
부두 쪽으로 잡아당기면
주르르 달려 나올 것 같은데
(중략)
집집마다 쫑쫑 귀를 달고서 밖의 세상이 덮쳐 오지만
여기서 늙고 죽어
물귀신 같이

철썩철썩 부두를 때리는 파도가 되는 것이다

-「섬마을」 부분

저 호수

얼마나 그리움의 깊이일까

저 혼자는 미동도 없지만

가랑잎 하나 떨어져도

깜짝 놀랄 파문을 일으킨다

-「호숫가」 부분

시 「섬마을」은 묘사가 아름다운 시다. 집들이 옹기종기 팔을 걸고 있다는 의태법과 작은 게처럼 눈을 반짝거리고, 집과 집들이 실핏줄 같은 길로 이어졌다는 시각적 감각이 빛난다. 부두 쪽으로 길을 잡아당기면 집들이 주르르 달려 나올 것 같다는 상상도 절창이다. 화자는 이런 아름다운 섬 마을에서 늙고 죽겠다는 소망을 펼친다. 여기서 죽어서 부두를 철썩철썩 때리는 파도가 되고 싶다고 소망한다. 아름다운 묘사는 "조개껍데기가 부서진 것이라지/ 반짝반짝 빛나는 은모래"와 "한줌 모래를 하늘에 흩뿌리듯/ 총총히 돋아나는 별"이라는 표현을 얻은 시 「대천 바닷가에서」도 만날 수 있다.

이 시는 "밀려오는 조수가 내 안으로 철철 넘치듯 그걸/ 그리움이라고 숨길까보다"고 언명한 시 「바닷가에 오두막 하나 지어」와 연결된다. 그러면서 그리움은 시 「호숫가」와도 연결된다. 특히 시 「호숫가」 심상이 아름답다. 저 크고 깊은 호수도 가랑잎 하나에 놀라서 파문을 일으키는데, 그 이유는 그리움의 깊이 때문일지도 모른다는 화자의 질문이자 답이다.

더불어 최충식 선생의 시에는 깊은 불교가 있다. 예를 들면 「인연」 「무량사에서」 「식욕에 대하여」 「변신」 같은 시들이다. 대중에 상용화된, 일상화된 용어 '인연'은 불교에서 온 말이다. 시 「인연」은 화자의 인연에 대한 사유와 관념을 진술하고 있다. 화자는 "옷깃을 스친 것 뿐인데요/ 무슨 바람이 일겠어요/ 하지만/ 깊어가는 속내를 어찌할까요"라고 한다.

화자가 '어찌할까요'로 묻는 미확정의 서술은 인연으로 일어난 번뇌를 발성하는 것이다. 번뇌는 인연으로 일어난다. 나 하나로 이룩된 것은 하나도 없다. 세상사는 인연이 엮어가는 역사다. 인연이 없으면 아무 것도 없다. 그러나 인연에 의한 것은 모두가 무상하다. 그러나 인연은 형상이 없다. 이 인연의 형상을 보여주는 것이 시다.

시 「변신」에서 "깨달음이란 온전히 자신을 열어 내보일 때의 일이다"라고 단정하고 있는 선생은 식욕에 대하여 아래 시와 같이 언술한다.

산문 밖에
감꽃이 후드득 지던데
참 덧없다고 생각하며 부처님께 이르니
말씀이 없으시다
억조창생을 손바닥에 올려놓고서도

그까짓 것 하시느니

황감하여

마음속에 알지 못할 생각이 일어나는데

눈을 반쯤 뜨셨다

내 목숨 바라보시는지

뎅그렁뎅그렁 풍경소리로

바람을 울리신다

지천으로 살아 있는 무리가 하나같이

극락에 오른다면

뒤돌아볼 일도 없겠지만

떨어지는 감꽃 하나 만으로도

오늘을 헤아릴 수 있는 것이 무엇일까

문득

저 아래서 나를 건져 올리듯

뒤를 탁 치는 말씀 하나

더 깊게 열어야 조금 받을 수 있다 하신다

- 「무량사에서」 전문

　무량사 도량에 감꽃이 지고, 화자는 감꽃 지는 모습이 덧없다고 부처님께 이른다. 그러나 부처님은 대답이 없다. 그럼에도 화자는 이미 회답을 알고 있다. 질문이 곧 답이다. 눈을 반쯤 뜨고 화자를 바라보던 부처님은 법당 처마 풍경소리로 회답한다. "떨어지는 감꽃 하나 만으로도/ 오늘을 헤아릴 수 있는 것"이라는 문장을 읽으면 세계일화世界一花가 떠오른다. 화자가 부처님께 받아가는 말씀은 "깊게 열어야 조금 받을 수 있다"이다. 이건 또 무슨 말인가? 깊은 의미가 이 안에 있다.

시 「식욕에 대하여」는 인간에 대한 알레고리다. 화자는 "개심사 연못에 작은 물고기들"이 쉴 사이 없이 먹이를 찾아 물살을 일으키며 휘젓고 주둥이를 벌름거리는 모습을 보고 과자부스러기를 던져준다. 먹이를 향해 달려드는 물고기들. 화자는 "와~ 찬란한 식욕"으로 감탄한다. 그러나 이것은 인간의 욕망에 대한 반어적 수사다. "우주를 한 바퀴 휘돌아온다 해도" 사람의 식욕을 채울 수는 없다. 사람은 욕망의 산물이기 때문이다. 그러나 부처님은 이런 식욕으로 대표되는 욕망의 세계를 인정한다.

5.

최충식 선생의 시집 원고를 시간과 계절, 그리고 물과 바다, 불교로 유형화하여 살펴보았다. 노년에 이르러 사물에 대한 자상하고 다정한 애정의 시선을 보여주는 선생의 시들은 한결같이 깊고 편안하다. 선생은 시에서 "떨어져 죽은/ 작은 새를 아파"(「믿음으로」)하는 측은지심으로 사물을 바라보기도 하고, 때때로 시적 고뇌에 찬 모습을 보이기도 한다. 선생의 고뇌는 시적 성장을 위한 근원적 반문이다. 그러면서 사물과 사건을 만물일여의 눈으로 바라본다.

생각대로 뜻대로 행동해도 어긋나지 않는 고희 중반에 이른 선생은 대숲에 가서 촘촘하게 들어선 대나무들 "모두가 나름의 잣대를 갖고 있"(「대숲」)으며 "마디마디 치수 같은 놈은 하나도 없다"는 비유를 통해 사물과 사건을 유연하게 인식한다. 이런 경지에 오른 선생의 눈에 비친 세상사 무슨 차별과 걸림이 있겠는가.

독자들은 시집의 곳곳에서 사물을 바라보는 충청 지식인의 깊은 사유와 편안한 어법, 그리고 묘사의 절창을 발견할 수 있을 것이다. 이는 선생이 오랜 시간 만물을 바라보고 사유하고 깨닫고 시를 쓰면서 집적해 이룬 성과다. 많은 분들이 최충식 선생의 시집을 만나 인생의 근원을 사유하는 행복한 시간을 갖길 기원한다.

문힘시선 028

아둔한 미련

발행일 2023년 07월 31일

지은이 최충식
펴낸이 이순옥

펴낸곳 도서출판 문화의힘
　　　　등록 364-0000117
　　　　주소 대전광역시 동구 대전천북로 30-2(1층)
　　　　전화 042-633-6537
　　　　전송 0505-489-6537

ISBN 979-11-984312-3-3

* 본 도서는 홍주문화관광재단의 지원으로 만들어졌습니다.

|값 11,000원|